KB135448

바늘 끝 여정

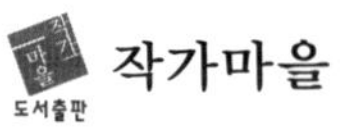

바늘 끝 여정

초판인쇄 | 2018년 5월20일 **초판발행** | 2018년 5월30일
지은이 | 변 송 **펴낸이** | 배재도 **펴낸곳** | 도서출판 작가마을
등록 | 제2002-000012호
주소 | (48930)부산시 중구 대청로 141번길 15-1 대륙빌딩 301호
전화: 051)248-4145, 2598 팩스: 0510248-0723
전자우편: seepoet@hanmail.net
정가 / 10,000원

국립중앙도서관 출판예정도서목록(CIP)

바늘 끝 여정 : 변송 시집 / 지은이: 변송. — 부산 : 작가마을, 2018
p. ; cm

ISBN 979-11-5606-105-2 03810 : ₩10000

한국 현대시[韓國現代詩]

811.7-KDC6
895.715-DDC23 CIP2018014443

※이 도서의 국립중앙도서관 출판예정도서목록(CIP)은 서지정보유통지원시스템 홈페이지(http://seoji.nl.go.kr)와 국가자료공동목록시스템(http://www.nl.go.kr/kolisnet)에서 이용하실 수 있습니다.(CIP제어번호: CIP2018014443)

BUSAN CULTURAL FOUNDATION 부산문화재단

본 도서는 2018년도 부산문화재단 지역문화예술특성화지원사업으로 지원을 받았습니다.

바늘 끝 여정

변 송 시집

시인의 말

강물처럼 한번 흘러가면 돌아오지 않는 시간들이 눈 깜짝할 사이에 지나간다.

여기서 누구를 탓하거나 나 자신을 원망할 수 없다. 삶이 결국은 공허하기 때문이다. 그 속에서 나는 시라는 작은 씨알을 가슴에 품을 수 있어서 얼마나 다행이고 행복한지 모른다. 씨알로부터 싹이 터서 곧 말라 없어질지, 아니면 큰 고목으로 자라날지는 알 수 없지만 그냥 나 자신이 기쁨으로 지낼 수만 있다면 보람된 일이 아닐까 생각해 본다.

두 번째 시집을 낸다고 생각하니 가슴이 두근거리는 것은 왜일까. 그것은 나만이 가지고 있는 작고 보잘 것 없는 세계라도 문자로 변화되어 세상에 나온다는 그 기쁨일 것이다. 비록 높은 경지에 이르지는 못하지만 나와 같은 감정으로 공감을 일으킬 수 있는 한 분의 독자라도 있다면 기쁨이요, 보람이다.

시와 그 형식 내용이 부족할지 모르지만 나 자신도 모르게 흘러간 세월의 편린을 모아 『바늘 끝 여정』을 내놓게 되었다. 이것이 내 삶의 발자국이며 내가 느끼고 있는 솔직한 마음의 표현이다.

여기까지 오게 되도록 도움을 주신 분들과 내 가족에게 감사를 드린다.

2018. 봄.

변 송

변 송 시집

|차례|

제2부 / 이끼

제3부 / 간이역

제4부 / 가을 아침

제 1 부

바늘 끝 여정

바늘 끝 여정

뜀박질로 낯선 길 가고 있는
재봉틀 짧은바늘
수선 집 여인 길잡이 따라
허기진 외발로
지구를 몇 바퀴나 돌았을까
밤잠 설쳐가며 헤맨
아들 딸 대학 뒷바라지
그늘 속 상처를 꿰매는 바느질은
생이별로 찢어진 앞가슴과
해고 되어 떨어진 단추,
구형도 신품같이 몸을 바꾼다
떨어진 소매 덧대어 늘리고
한 땀 한 땀 서러움까지 기워
무지개 따라 밟아가며
구겨진 바짓단을 일으켜 세운다

바늘 끝에서 꽃이 피어난다

간절 곶 망부석

바다 향한 시선이 수평선을 넘고
그칠 줄 모르는 기다림은
파도를 타고 출렁 거린다

바다가 갈라놓은 생이별
비바람 눈보라에 깎여진 세월에도
임은 기별이 없다

가슴 깊은 곳 보듬어가는 아픔은
슬픈 이야기로 전설이 되어
거친 파도를 타고 멀어져 가고

아버지를 부르는 딸들의 목메인 소리
현해탄을 건너지 못하여
메아리조차 없는 뱃고동뿐이었다

바람아, 구름아, 별들아
가슴 치는 통곡으로
비바람 찬 서리에 망부석이 된
이 가족 영혼을 달래주려무나

같이 산다는 것

맘에 쏙 드는 여자를 만나
살 붙이고 기대며
일심동체가 되어 산다는 것이
어디 누워서 떡먹기던가

곪아서 썩는 속 도려내지 못하고
혀를 깨물고 인내하며 터득한 진리
부처님은 알까
하나님은 고개를 끄덕여줄까

살다가 역정 내며 맞닥뜨리는 일
솟구쳐 오르는 감정을 눌러
달래고 비위 맞춰줘야
성질 죽이지 않던가

자비의 솥뚜껑 열어놓고
너그러움 베풀어야
장미향을 맡은 듯 웃으며 살고
한잔 화끈하게 취해야 사는 것일까

거위 털 파카

소매 끝으로 미어져 나오는
호수의 물결
거위들의 울음으로 만들어진 파카에
뒤뚱거리는 춤사위가 그립다
물 주름이 오지랖에서 꿀렁거리는데
강물을 넘나들던 부르튼 발바닥은
보이질 않는다

가볍고 보온성 높은 깃털에 반하여
수치심 드러난 나체로 매달아
눈뜨고 숨 쉬는 맨가슴 쥐어뜯는
울음은 얼마나 높았을까

목을 비틀고 옷을 벗겨간 강도에게도
포근하게 감싸주는
착한 영혼이 천국에 이를 때
우리는 단벌옷으로 겨울을 감싼다

날아가는 고등어

무 깔린 냄비에 편히 누워
온 몸 찌르는 가시를 돋우었다
부서지는 파도소리는 잠을 깨운다

계절 따라 몸에 맞는 집을 찾아
거친 물살 거슬러 몸을 다듬고
가슴살 사이마다 해일 맛을 들였다

대양을 꿈꾸며 동경해
심해를 찾아가다 푸르게 멍들어도
고갈비, 조림으로 입맛 사로잡아
제대로 구경 한번 못해본다

굽는 연기가 미세먼지로 분류되어
서민 울린 죄 주부들 눈 밖에서
소금에 절여 석고대죄 하고 있다

노송

거센 해풍에 바윗돌 끌어안고
모진 틈새 간신히 뿌리내려
이리 휘고 저리 굽은 몸이지만

찌든 마음 솔향기에 헹구고
창 열어 소리 없이 넘실거리는
푸른 메아리가 눈부시다

목마르고 허기진 벼랑 끝에서
늙은 가지 내치지 않고
송골매도 다독이며 키워냈고

설한풍에 꺾이지 않는 눈빛은
버티어 걸어온 발자취
어둠을 물어뜯는 새벽을 다스린다

바람 한 점 빌어 띄우는 함성은
목청껏 울 수 없는
손등 갈라진 아버님 속울음

녹차를 마시다

움츠렸던 다관에서 펼친 몸은
숨소리 따뜻하다
한 방울 남은 눈물마저 우려내
찻잔에 이는 물결이
숲속에 출렁거리는 파도다

물결 향을 맡으며
감질나게 한 모금 입맞춤 하면
혀끝을 감도는 온열은
가슴과 어울려
온 몸에 젖어든다

바람이 담긴 찻잔에서
어린 숨결 간직한 맛은
하늘과 바다를 포용한
아버지 넓은 가슴이다

눈칫밥

눈동자에 별이 반짝일 때
아이들 양육에 팔짱 끼고 있어도
퇴근길 살갑게 마중해 주는 날
상 차리는 몸놀림도 가볍다

일자리 물려주고 나와
문밖에 눈썹조차 내밀지 못하고
창유리 닦아주며
허드렛일 거들고 있을 뿐
몸은 길 고양이 걸음이다

진료 영상 촬영하듯 뒤척이며
끼니 기다리는 사람 있으니
수발에 얽매인다는 볼멘소리로
온 몸이 움츠러든다

무거운 몸 나서 봐도
전철 경노석 빈자리가 없고
공원벤치에 여유 없네
새들의 날갯짓이 부럽다

다랑이 주름

누른 손톱자국 잽싸게 밀어 올려
끝까지 북소리 낼 줄 알았는데
하늘 쟁기질로 골을 깊게 내고 말아
먼 길 내다보는 눈 앞 세파에
방파제로 삼았을까
눈물 넘쳐나는 방호벽 높여
설움 참아내다
다랑이 논두렁을 걸었구나
질척이며 걸어온 발자국과
돌부리에 넘어진 상흔이
이랑 속에 묻혀있어
삐거덕거리는 무릎 곧추세우고
비바람에 버텨온 콧대와
주름 속 경험으로
이모작을 짓고 있다

도미를 말리다

껍질 벗고 속 비운 몸
발코니에서 일광욕 하고 있다
몸을 돌려가며 달빛을 감고
바람이 걸터앉아 미이라를 거들면
햇살은 남은 물기를 뽑아간다

구름 한 점이 지우는 그늘 속에서도
밀려오는 파도소리 들린다
막걸리 익어가는 소식
벚나무가 잎으로 손 흔들어 주면
방충망 밖에 눈 큰 파리가 입맛 다신다

거친 물살 헤쳐 가느라
온 몸에 솟구친 열기가 남아
살 속 깊이 스며든 심해
빨래 건조대 덕장에서
굳은 아가미로 물결을 호흡한다

파도소리 그리운 실향의 분노로
부릅뜬 눈 감지 못 한다

동구 밖 낯선 그림자

꿈을 밀치고 다가오는 여명에
목청 다듬은 수탉이
방문 창호지를 흔들어
빛을 찾아 헤매는 농부를 깨운다

고추밭 매운 가슴에 안기어
나무껍질 손으로 자식 돌보듯
땅만 믿고 흙을 뒤집으며
허리 펼 틈 없이 등골에 피땀 맺힌다
흉년이면 모자라 울고
풍년 되면 가격에 가슴 찢기는
티벳고원 오체투지 수행자 닮은 얼굴
바리바리 싸 보낼 보따리는
동구 밖 낯선 그림자에 귀를 세운다

쌀 팔아 빚 갚은 빈 들판
그 얼굴에 농익은 석양
땅거미가 고단한 발걸음을 재촉하고
하루 햇살은 농부 품안에 잠든다

만 원짜리

접혔다고 오천 원
구겨졌다고 천 원짜리 될까
이울은 삶이라고 꿈조차 접을 수 없잖아

솟구치는 심장에 피가
가마솥에 끓는 물처럼 솟구치고
식을 줄 모르는 열망으로
걸어온 길 얼마인데

커가다가 삭정이 생기면
새순이 돋아나듯
은퇴는 새로운 시작이요
나의 별 찾아가는 출발점이다

네온불빛 찾아온 핫바지도
하늘 높은 줄을 아는데
꿈이 없는 사람 어디 있으랴
구겨진 만 원짜리인데

밥

수저를 들 때마다
팔목을 쳐다본다
숟가락 놓을 때까지 목숨 줄
굴레를 벗어나지 못한다
한 그릇 밥을 놓치면
눈에 빛을 잃는다
밥알이 모래알처럼 씹힐 때 있고
설움이 북받쳐 목이 메인다
눈물과 섞어 먹을 수는 없는 밥
끼니로 이어져야 하지만
지나치게 매달리면
비굴한 노예가 된다
사랑하는 사람과 함께 하면
허기진 빈 마음도 채워지고
식솔과 함께하는 맛을 위해
손에 땀을 흘린다

보리밥

거두기 힘들고 먹기도 껄끄러워
명맥만 이어가는 보리밭
한 낮 햇살이 성큼 다가온 여름
땀방울로 찾은 단골집

배 고픔과 싸워본 투사만이 알고 있는
보릿고개
사라진지 오래 되어도
물리도록 먹던 꽁보리밥이
별미로 몰려들 줄 누가 알았으랴

고프기만 하던 삶의 허기도
밥알처럼 포동 해 질 날 있을 테지

반주 한잔 곁들여
된장 찍은 아삭한 풋고추 한 입에
초여름 고향 맛이 화끈 하구나

부지깽이

잠자는 불씨를
눈물과 함께 입술바람 불어주면
갈비, 삭정이, 볏짚들이
온 몸을 사르며 타오르지

가마솥 달구도록
불이 잘 붙게 앞을 펴주고
붙은 불 뒤를 밀어 넣어
아궁이 속 드나들며 화마를 부추긴 죄
시나브로 짧아지는 몸뚱이

한 때는 훤칠한 허우대였건만
한 치 두 치
제 몸이 산화돼 가는 줄 모르고
환락의 불길 속을 드나들며
정염을 불태웠지

기어코
뭉툭해져 쓸모없어진 육신은
뜨거운 불길 속에 던져져
한 줌의 재로 사위어 간다

손을 보다

손가락마다 나이테로 감아놓은
비밀통로는 미로다
형제도 찾아가기 낯선 얼굴이고
한정된 시간을 타고 난 손바닥은
금을 긋고 갈 길 더듬는다

등을 맞대고 있으면서
평생 마주해 보지 못한 손등을
업고 살아가고
주먹은 정당방위를 책임진다만
강한 근육을 움켜쥘 특권이 있다

나아갈 미래가 각인되어 있는 손금에는
숨겨진 재물과 애인이 드러나고
생명선 물길 따라
건강 줄 길이로 감겨있다

아픈 배를 쓰다듬는 약손으로
물기 마를 새 없는 거둠과
천지신명께 빌어주신 손바닥
내 앞에 어머님이 아른 거린다

식탁에서

달빛 걸려있는 창가에
쟁반에 포도송이 모여 앉았고
다관茶罐에서 찻물 끓어오르면
참새들이 먼저 수다를 떤다

가슴 열고 눈빛 마주하는 시간
부부와 함께 저물어간다
힘겹게 걸어온 발자국 돌아보며
먼 사진첩의 빗장을 푼다

차향이 머리를 헹구면
동공은 별빛을 찾아 나서고
차 한 모금 온 몸으로 퍼져나가
창틀에 쌓인 먼지를 씻어낸다

걸어온 가시밭길 상처를 다독이고
식솔들 걷는 길을 위해
어깨에 간직해온 짐을 내려놓으면
잔 놓은 식탁에 온기가 돈다

악어 가방

악어가 걸어간다 여인의 손끝에서
흐린 강물 속에 몸을 숨기고
목마른 초식동물을 기다리는
송곳니 튼튼한 포식자들

사계절 단벌 겉옷이
명품 되어 쇼윈도에 걸린다
악어 눈길 끌고 손을 붙든다

악어 식욕 채우려고
몸뚱이를 휘감는다
악어는 내장 속 허영을 토한다

버리지 못한 강물 속 탐욕으로
진열장에서 입 벌리면
지나가던 봄이 흔들리고 있다

제비꽃

길섶에서 눈길 사로잡아
발길 멈추게 하는 여인

밤새 이슬 머금은 젖은 입술에
보랏빛 싱그러운 미소
수줍어 옷깃을 여미네

작은 가슴에 손조차 닿지 못하게
몸 낮추어 고개 숙이는 꽃
겸손한 미덕을 갖추었나 보다

외로움에 젖지 않는 고고한 자태에
해가 핥고 지나가도 시들지 않는 것은
내 가슴에 영원히 피어날 숨결

후딱

허리 아파 안 죽고
무릎 아파 죽은 사람 없을 껴
속병 앓아야 죽는 거여
다들 그렇게 살다 가는 겨

더 살다 가려면
견디기 힘든 고통 내색하지 말고
아프다고 울지 말어

자식 몰래 속으로 앓고
아픈 곳 보일라 감추고
알아차릴까 웃는 얼굴 보여야지

저들끼리 말없이 잘살면 된 겨
아프지 말고 소리 없이
후딱
가버리면 좋겠네

휴가

폭염과 밀어를 나누기 위해 다가올
바람의 통로마저 막아버린
회색도시 빌딩 숲을 빠져나와
파도는 바위섬에 메밀꽃으로 피어나고
괭이 갈매기 환호성 지르며 반겨주는
내 그리운 섬으로 간다

지금은 사라져버린
출렁다리에서 수줍게 웃던 소녀가
손등에 푸른 혈관 불거져 나와도
물이랑 따라 밀려오는 세래나데 주워 담고
먼발치에 사진첩을 뒤적인다

가녀린 손잡고 해변을 거닐며
식솔 앞에 쑥스러워 숨겨두었던
입맞춤하며 어깨 붙이고
등대 불빛 부서져 내리는
한 여름 절정에 피난길
내 그리운 섬으로 간다

제 2 부

이끼

이끼

그늘진 골짜기나
바윗돌 등 뒤에도 좋습니다
작은 풀잎 하나 기댈 곳이라면
주어진 삶을 열심히 살겠습니다

화려한 꽃 한번 피워보지 못해도
음지에서 빛을 내고
향기 없어도 생명을 품어
넉넉하게 어우르며 살렵니다

강바닥이 거북 등처럼 갈라지고
이가 시린 칼바람 혹한에도
생명줄 틀어잡은
빛살 고운 눈빛 하나만으로
푸른 지문을 새겨가며 살겠습니다

풀숲 사이 얽힌 허기진 삶이
서로를 위해 끈끈하게 존재하면서
누구도 흉내 낼 수 없는 사랑으로
파르라니 살겠습니다

광부

통장 부풀려 낙원가려고
햇살 드리운 꽃길 걸어보자고
동공이 커지는 막장에서
굴착기 시끄러운 소리 따라
나침반은 광맥을 짚어 길을 찾는다

앞길을 가로 막아선 바윗돌
지주목 뒤에 숨어
수로를 돌려 차단하고
빛이 새나지 않게
막고 서있는 벽을 허문다

출구를 찾지 못한 돌가루가
해드랜턴 불빛에 날개를 펼치고
파고드는 굉음으로 말을 잊는다
지하에 깊이 잠든 별을 찾아
해가 뜨지 않는 어둠속을
목마른 실뿌리가 되어간다

거미줄

처마 끝 하늘 걸린 공간에
피로 만든 실타래 풀어
십자수 달인으로
외줄로 얽힘 없이 엮어낸다
지나가는 한 줄기 바람에도
경계하는 시선은 떨리고
바람의 벽에 걸어놓은
투망이 생존이다

바쁜 하루살이 갈 길 막는
헝클어진 그물망 되면
주인은 이미 떠나버린 빈자리
허기진 몸 홀로 출렁인다
나와는 결국 헤어져야할
몇 줄의 시를 위하여
낚아 올릴 사냥터 그물을
서로가 딴 생각으로 짜고있다

돌부처

머리 없는 부처다
자비는 아직 떠나지 않았다고
보살들이 발아래 합장한다

비바람에 뜯기고 할퀸 자국
후손 점지 받으려는 상흔에도
능력을 의심받지 않는다

어쩌다 토막 난 몸이지만
경배까지 접을소냐
남은 몸마저 보시하고 있는데

열반에 든 반신으로
눈길 뜸한 그늘진 뒤꼍에서
아파하는 가슴을 읽고 있다

만어사

동해물 깊이 마음을 전했을까
목숨 구하는 산행에
만어萬魚가 앞 다퉈 몰려와
너덜겅 비탈에 보살되어
산허리 딛고 서 있는 돌고기
돌 가슴 마다 종소리 품어
불심 가득한 울림이 있다
바람이 쓸고 간 뜨락에
부푼 달빛 떠오르면
어둠은 섬돌 밑에 숨어들고
풍경소리가 적요를 흔들면
절집 처마 끝에
먼 바다 물소리가 흘러내린다

기적

숲 그늘이 한 발짝 물러나
옷깃을 여미게 하는 오후
산수연세 넘겼을 할아버지
야윈 어깨도 그늘이 두껍다
꺾어질 듯 휜 다리로
벼랑을 오르듯 걷다가
가던 숲길 멈추어서
복권 판매점 앞에 섰다
지폐 두 장 내밀며
먹칠할 숫자 붙들지 못해
기계에 행운을 저당 잡힌다
모퉁이 돌아서면 종점이건만
기적이여 꿈이여
그루터기 안고 피어나는
한 잎 연둣빛 빛이여

무궁화

도덕교과서 표지에
태극기 감싸 안고 꽃피우며
공무원 모형 되어 옷깃에 달렸으니
경찰관 무동으로 사랑받아 왔습니다
민족이 수난을 겪을 때는
가슴 속에 모국을 피웠습니다
모국어를 잃고 입 다문 날
진딧물이 체액을 탐닉하도록
손길 끊어진 몰골로
정원에서 쫓겨났고
공공기관 자투리땅에서 달빛과 마주할 뿐
아파트 정원에서는 찾아볼 수 없습니다
오천만 민족 눈앞에
허울 좋은 나라꽃으로
이름만 길이 유전할 뿐
근화 땅에 사라져가는
나는 무궁화입니다

보림사

정남진 장흥 가지산 자락
수림 병풍에 싸인 양지바른 명당에
첫눈에 든 선종이 눌러 앉았다
산문에 들어서면 사천왕 칼날이
등줄기 땀을 식히고
천년을 지켜온 피로 탓인가
퍼질러 걸터앉은 모습이 참하다
대적광전 철조 비로자나불이
한국동란 화마에 생존 비밀을
2500근 침묵으로 누르고
마당 한 가운데 약수터 인심에
목축인 길손 목례하면
명부전 지붕 위에 쌍용이 미소 짓는다
가을비 젖어 이끼 낀 석탑 앞에
고개 숙인 중생들 합장하면
처마 끝 풍경이 음표를 다듬는다

소금

숨차 오르게 수차를 밟아
바닷물을 길어 올리면
떠나지 못한 물너울 울음소리가
해탈한 소금으로 절여온다

바다가 뭍에 갇혀
파도는 말문을 닫았고
뜨거운 햇살에 가슴 찢어 말리며
하늘 우러러 묵언 수행 중이다

따갑게 조여드는 목마름에도
물기를 버리고 빈자리 채워가며
낯선 이웃들 손을 마주잡고
별처럼 돋아나는 순백의 결정들

햇살과 바람에 피를 말려
갈매기 소리 떠난 염전에서
심해의 쪽빛 물기를 뱉어 내고야
바다는 꽃으로 피어난다

소나기

자동소총 소리로
양철지붕 위를 뛰어 다닌다

피아니스트 손끝에서 우러난 운율은
현란한 리듬을 탄다

굳은 가뭄도 슬며시 빗장을 연다

요란한 소리들이
온 산과 들에 스멀스멀 젖어든다

가뭄으로 타다만 심장에
초록빛 풀씨를 틔우면
작은 부리가 솟아오른다

수국

는개를 보듬는 바람이
하늘과 입맞춤 하고나면
여름 입고 소박한 웃음으로
성큼 다가서는 각시

화장을 하고 문을 나서 정갈하게
발끝으로 다가온 사람
첫눈에 담겨진 얼굴은
어느 별빛을 쫓아가고
정수리에 꽃향으로 남아있다

찍어 맛볼 꿀샘도 없이
씨앗을 맺을 수 없는 헛웃음
한 빛깔로 머물지 못하는 변덕에
부케를 모아 쥔 신부의 손

수다스런 초여름 정원에서
불꽃으로 나타난 그대
향기로 걸어 나오는
모가지가 무거운 내 운명이여

쓰레기통

함부로 차지 말아요

깨져서 개밥그릇도 못할 사발이나
이 빠져 친구 없어진 소주잔,
팔 떨어져 외면당하는 인형,
가스 떨어진 일회용 라이터처럼
쓸모없이 허접한 물건들과
서러운 눈물도 가슴에 품는 다오

쉽게 깔보지 말아요

돌봐주면 그대 뜰 앞에 화분으로
예쁜 꽃을 피워 주리라
코를 박고 내 몸을 뒤지는
길고양이 떼 끼리 찾아주고
얼굴을 묻고 과음량을 역류시키는
술 취한 여인의 버리고 싶은
젖은 발자국을 담는 다오

아무거나 담지 말아요

분리수거 안 된 관념들은
씻어 말려 재활용 해야지요
쉰내 나는 낡고 비뚤어진 생각과
불 꺼지지 않은 열정은 싫어요
비워주면 개운 할
여행길 찌꺼기를 함께 버려주오

수 행

고행 없이 득도할 수 있을까만
면벽으로
백일을 정좌하고 부동의 자세에 달라붙는
적막의 눈꺼풀이 파르르 떤다

단식으로 끌어올린 단전이
건강에 주의보를 발령하고
인내의 벼랑에서 밀려오는 고통에
허물어지기 전 결심의 용기를 쓰다듬는다

쉽게 경지에 닿을 수 있다면
누군들 못하랴
벌떡 일어나서 벗어던지고
암자의 문턱을 넘고 싶은
충동 누른 수도승

수행의 고통이 연꽃을 피우는 날
참선을 마친 무릎에서 우두둑
독경소리가 높다

시인의 칼

칼날이 무디어져
풍로에 불을 붙이고
뼈 속까지 다시 태어나게 하는
불꽃 속 붉은 얼굴이다

날이 서는 대장간에
풀무는 깨우침으로
쇠를 달구고
두드려 펴는 억센 근육에
뼈를 담금질한다

모루 위에 말을 뉘어
시어를 조탁하는 땀으로
해머에 혼을 불어넣고
날을 세워 별빛을 긋는다

*모루 : 대장간에서 달군 쇠를 올려놓고 두드릴 때 받침
조탁 : 시문을 아름답게 다듬다
해머 : 비교적 큰 망치

아파트 벽

낮은 지붕들이 어깨 붙여 살던 동네
풀잎들 재개발 역풍에 허리 꺾이고
숲을 이루며 커가는 아파트에
집집마다 번호표를 문패로 삼고
이웃 사이를 갈라놓은 견고한 벽에
높은음 자리 거친 숨소리 뿜으며 동침하고
등 붙여 기지개 켜면서
층간 소음으로 얼굴 붉히며 서있는 상자

무너질 듯한 청상의 한숨 불어 닥치고
자식을 가슴에 묻은 눈물 뿌려진다
잠꼬대 심한 발에 걷어차이거나
불면의 밤에 청기와집 밑그림 화판이다
액자에 담은 그림과 글씨를 몸에 달고
넘기는 책장에 빠져 밤을 지새움이
지붕 이고 버티어 서는 힘이 되었을까
멀리 가는 책꽂이가 비어있다

안경을 닦다

빛과 함께하지 못한 해종일
햇살 가득한 한낮인데
눈앞은 장막에 가려진 폭풍우다
던져진 조간신문 속
동공에 닿지 못한 언어들이
검은 활자로 스멀거리며
둘이다가 셋으로 흩어진다

얼룩진 안경을 닦는다

창 커튼을 열어젖히고
감겨진 동공이 빛을 낸다
길을 밝히고
색상이 선명하게 다가온다
투명한 유리알 속으로
아우성치던 언어들이 깨어난다
금정산 숲을 볼 수 있어
잠들 때까지는 눈앞에 건다

어부

한 판 결전을 벼르며
숨 가쁘게 달려오는 노도에 맞서
주먹을 굳게 쥐고 다가서는
권투선수다

몰려오는 태풍에 중심을 잡고
푸르름 넘쳐나는 가벼운 몸짓으로
잽으로 밀어 붙이며
받은 주먹 여지없이 되갚는다

어장에서 물러설 수 없는 한 판
칠전팔기하는 돌고래 되어
단번에 주저앉힐 그물을 던진다

사력을 다한 힘 어깨에 실어
눈 감고 별 보이는 손으로
만선 향한 일격을 뻗는다

배가 출렁 거린다

일출 앞에서

빛을 감춘 장막이 걷히면
나무들은 잃어버린 모습을 찾고
섬들도 기지개 켜고 일어나
파도로 몸을 씻고 단장 한다

여명 속 해조음 가르며
젊은 동해바다에
용광로 뜨거운 가슴을 열어
출렁이는 수평선 짚고
태백산 이마에 능소화 빛을 덮으며
밝은 역사 깊은 혼을 부른다

침묵 속 미묘한 파장이
가슴으로 스며들어
불꽃 앞에 두 손 모은
새해 첫날 해돋이로
개벽하는 바다다

종점에서

풀 한 잎이 졌다
비보에 바삐 간 영락공원
새벽부터 몰려든 장의행열에
함께 온 곡성[哭聲]이 화구[火口]를 지키고
유족은 목메어 하늘을 본다

심장에서 오는 맥박을 거절하고
가늘게 들먹이던 숨소리 거두어
못다 이룬 꿈 하늘에서 펼치려나
따스한 혈색 놓아버리고
체온을 거두어 간다

저승길에도 번호표가 배부된다
누구도 예측할 수 없는 날이기에
받아둔 순번이 무효 되더라도
언젠가는 나도 받아야할 번호

가던 길 멈추어선 종점에서
주머니 없는 수의 갈아입은 빈손
흔적들은 화염 속에 사위어 가고

돌아갈 잿빛 가루만
불길 속에서 뚜벅뚜벅 걸어 나온다

장승

마을 입구에 버티어 서서
불거진 두 눈 부라리고 이빨 드러내
사찰 입구 사천왕 혈족이다

마을 수호신으로 자부한 옛날
지금은 믿을 사람 없어
벅수나 돌하르방 수준으로 인식을 한다

잡신을 쫓기 위해 험상궂은 표정
오히려 애교가 넘치는 우스운 얼굴
옷 한 벌 걸쳐 입지 못한 나신으로
천덕꾸러기 되어
견디기 힘든 설한풍에 몸뚱아리만
썩어갈 뿐이다

전통적인 신통력은 달아나 버리고
제 몸 가누기도 힘든 썩어가는 하체
두 눈 부릅뜨고 위엄을 세우지만
거들떠보는 이 없어
하마 같은 입으로 하품만 한다

참새들

날개 죽지 아프도록 젓고
발 시리게 언 땅 헤집어야
허기를 달래고 체온 유지할 수 있는
새들의 겨울나기는 힘겨운 고통

볏짚 속에 숨은 낟알은
보물찾기 하듯 뒤적거려야
운 좋은 날 때 꺼리 찾아내고
얼어붙은 황량한 들판에선
먹이 찾기는 복권당첨 되는 일

넘쳐나는 수입곡물에
낯선 과일 향이 흘러나오고
늘어나는 가공식품에
아이들도 외면하는 열매들과
온기 남은 음식물로 도시는 푸근하다

아파트 쓰레기통 주변을 기웃거리며
먹 거리 쉽게 찾을 수 있는
도시의 겨울나기로
이농현상 일어나는 참새들

항아리

싸릿대로 엮은 울타리 옆
늙은 시녀처럼 서 있는
빈 항아리 하나
도공의 숨결이 빠져나갈까
목에다 철사 줄 동여매고
초점 잃은 동공으로 하늘 쳐다 본다

빈 가슴에 햇살 가득 담기는 아침
작은 새 한 마리 들어와
부리로 찬 기운 쪼아 대더니
윤기가 멈추고 금이 간 통증 사이로
세월이 빠져나갔다

바람마저 머물지 못하고
빗물 한 쪽박도 담아내지 못하는
바닥에 구멍 난 항아리가
몸조차 가누기 힘겨운데
봄을 먼저 뽑아 올리고 있다

환경미화원

바늘귀에 밧줄이 들어가는 것을 보았는가
왜 이리 힘든 취업전쟁인지
도저히 쉽게 뀔 수가 없다

전리품으로 얻은 일자리
새벽을 가르며 일터로 나간다

고양이 발걸음으로 문밖을 나서
허기를 눌러 짜낸 땀이 마를 때까지
식솔들 수저에 얹어줄
간 고등어 소금기 같은 일당에
찬바람과 매연 마시며 비질을 한다

좋은 구역 배치해준 대가로
감독이 벌리는 손
아직도 자행되고 있으니

뙤약볕에 팍팍한 삶의 몸부림은
업신여기는 갑질 행세로
삶의 끄나풀에 목숨 건 투쟁이
불끈불끈 열불이 솟는다

제 3 부

간이역

간이역

무시로 오가는 사람들의 눈망울
아쉬움이 산화되어 철길에 누워있고
눈물이 이슬처럼 간이역을 적신다

허술한 대합실 벽면에는
떠나버린 자들의 한숨이 서려있고
기약 없이 떠나는 기적은 슬픔만 남긴다

낡은 역사(驛舍) 앞 리기다소나무 춤사위가
기다리는 자의 마음을 조이게 하고
고즈넉한 풍경만
고독처럼 퍼지고 있다

떠난 이의 무소식은
빨갛게 맺힌 칸나의 한이 되어
끝내 울음 한 번 토하지 못한 채
꽃잎은 뚝뚝 떨어진다

강가에서

스멀거리는 땅거미에
하루해가 소리 없이 잦아들고
감기로 쿨럭이다 계절이 바뀌는데
바람에 등 떠밀려
강가에 선 노인네 등이 굽어 있다

탄력 잃어 늘어진 피부
침묵으로 위장하고
수맥조차 말라가는 쭉정이 손등을
애써 소매 깃에 감추어
굳어진 어색한 웃음으로
또 하루를 떠나보낸다

애호박 감정은 뒤꿈치 되고
날마다 조금씩 무르익어간다
무지갯빛 살아나는 봄이 오면
넘어온 고개 세지 말고
푸른 강 내 안에 들여야지

경비원의 한 낮

열대야에 밤잠을 도둑맞은 지난밤
오후의 나른함과 퍼붓는 하품을 손으로 가린 채
주민들의 눈치를 피하고 있다

졸음은 눈꺼풀 속에 똬리 틀고 앉아 있는데
한 줄기의 소나기에 시야가 흐려지면
공기가 그의 머리를 떠받치고 있다

빗물이 경비실 유리창을 씻어 내리고
빗줄기 사이로 언뜻언뜻 졸음이 비치면
모자챙을 눌러쓰고 창틀에 반쯤 비켜 앉는다

고개 떨군 나뭇잎은 바람의 무게에 눈금이 떨리고
소나기가 처마에 걸린 밧줄을 당겨 올리면
유리창은 구름을 걷어낸다

햇볕이 빠르게 아파트단지 내 물기를 올려 보내고
속눈썹 그늘에 가려져 있던 눈치가
그늘을 갉아먹고 있다

고드름

선방에 든 스님 등줄기처럼
꼿꼿하다 못해 부러져 떨어지는
겨울이 토설한 통증

빙점을 넘나들며 살찌우고
품은 원한 있는 듯 거꾸로 살아가며
차가운 달빛으로 성숙해간다

냉기를 끌어안고 허공에 잠든 너를
갈증에 한 입 깨물면
부서지는 음색에
안개 속을 걸어온 발자국 그립다

가슴에 흐르는 눈물이
처마 끝에 서러움으로 맺혀
한 겨울 다가도록 울어야하는
소리 없이 흘러내리는 연정

낙타의 꿈

한 뼘 그늘도 허용되지 않는
목마른 언덕
지친 주인 따라
모래바람 속으로 길 떠나는 짐승

고통으로 출산한 버려진 피붙이를
마두금 선율에 가슴 흔들려
이웃 새끼에게 젖꼭지 내어주는
마음 여린 생명줄

우물물이
바닥 난지도 오래
천리 밖 언덕 위에 낮은 별빛이
한 모금 물이 되기를 기도한다

사막을 푸른 벌판으로 이루는 꿈은
육봉으로 등에 지고
모래 섞인 방울소리 울리며
마른 표정으로 모래 길을 간다

*육봉 : 낙타의 등에 지방으로 이룬 큰 혹

노인정 가는 길

꺾이는 마디마다 신음 깊은 노구를 지지대 삼아
비탈길 생애에 유모차를 밀고 가는 할머니

숨 고르며 허리춤 추스르는 만큼
증폭되는 긴 한숨
비뚤거리는 네 바퀴의 심술이
골 진 손등에 검버섯으로 안착 된다

따르는 그림자 구겨질까
햇살이 걸터앉아 길을 열고
노인정 툇마루에 엉덩이 내려놓고
꿀맛 같은 휴식에 든다

자식 키우느라 뼛속 진액 빠져나간
골다공증의 허허로움
한 평생 다 말아 쥐고
굽이굽이 발그림자 쫓고 있다

달맞이꽃

낮 동안 감춰진 미소로 불태우다
여민 옷고름 풀어 가슴 열고
임 오실 길섶에 등불 밝힌다

한 올 눈빛도 놓치지 않으려고
까치발 세워 키를 높이고
밤하늘에 향기 풀어 달마중하는 꽃

밤새 맴돌던 나비는 떠나고
침묵에 몸을 기대보는
허공을 견디는 노란 그리움

어두운 길모퉁이 밤새는 줄 모르고
시린 달빛만 머금어 채우는
강물 꽃으로 남았네

달팽이 집

원룸 한 채 지고 태어나
뼈마디를 갖추기도 전에
세상에 느린 풍향계 달고
달빛 모이는 호박잎 핥아간다

종일 파도타기 하다
비바람 막아주는 풀숲사이로
발길을 멈추지 못하고
짓눌려 오는 집의 무게에
또 한 구비 또아리 틀고 숨어든다

아무런 목소리도 들리지 않아
목을 빼 허공을 휘저어도
지나온 발자국은 바람에 지워지고
집을 지고 다니는 걸음은 힘겹다

한 눈 팔 수 없는 먼 여정
하늘 공간 아파트는 아니어도
무릎 시린 이슬 피해
작은 터전에 몸을 누인다

대연동 감자탕 집

겨울답지 않은 포근한 날씨에
그녀와 거닐던 대연동 대학 뒷골목

퇴색되고 낡은 간판 달아놓은
아담한 감자탕 집
아귀 안 맞는 미닫이문 열고 들어선다

추억은 따뜻한 김에 감겨 서려 오르고
입김 불어 회상의 그림자를 한 수저 식히면
그 위에 아삭거리는 깍두기 한 점 얹고
반주로 청한 소주잔에
살가운 미소로 잔을 채워본다

빛나는 눈동자와 볼우물에 빠져
오늘같이 겨울답지 않은 포근한 날에는
감자탕집 앞을 서성이는 발걸음

어느새 앞을 가로막는 그녀
잊으려 돌아서 종종걸음 치던 일
오늘도 눈에 밟힌다

도시의 이웃들

고층 아파트 승강기에
날마다 함께 오르내리는 사람들
돌같이 차가운 가슴으로
바뀌어가는 층수만 헤아린다

같은 층 앞집, 옆집이
한 번도 다툰 적이 없는데
말을 삼킨 입술, 초롱초롱하게 맑은 눈은
서로가 본적 없는 듯 외면한다

숫자를 문패 삼아 달고
벽 하나에 등을 붙여 살며
곁눈질 한번 한일 없는데
현관문 열 때 몸을 붙여 가리고
엄지로 비밀번호를 익숙하게 읽어간다

허공에서 구획하여 사는 때문일까
승강기에서 마주하는 장승같은 표정들
꿈에서나 본 이방인들로
오늘도 어제같이 따로따로
내일을 향해 달려간다

동장군

별은 시린 눈 깜박이며
허공에서 움츠려 떨고 있는데
이빨 어긋난 들창이 덜컹거리고
석류나무가지 흔들던 바람은
귓불을 도려낸다

기울어진 기둥으로 조각난
피붙이를 거두지 못하고
종이박스에 시위잠 부르는 노숙인과
비닐하우스에 얼어붙은 농민 가슴을
무엇으로 다독여 줄까

한 대 잠에 눈총 받아오다
경칩 딛고 넘어온 남녘바람에
고드름 타고 눈물 흘리면
울 넘어 키 큰 목련이
별리에 손수건 흔들고 있다

마늘 까기

대로변 마트 주변
인도 가장자리에 자리 잡은
마늘 까는 할머니
손톱이 깔고 앉은 박스두께다

과부로 홀로 견뎌온
마늘 같은 아린 삶이
손끝에서 낱낱이 드러나고

가끔 가로수 잎이 흔들릴 때마다
처진 주름이 출렁거리면
손끝이 떨린다

기둥 떠나보낸 자리 이어받아
식솔 거둠이 힘겨워
금방이라도 터질 것 같은
할머니의 서러운 인생

벗겨내고 또 벗겨내고 있다

막걸리

완장 찬 사람이 밀주단속 하던 시절
짚더미 속으로, 장독대 뒤로 숨어 다니다가
농주와 약주로 겨우 안방에 자리 잡았다

고두밥이 누룩가루로 분장하여 독안을 채우면
목마른 된밥은 물을 들이킨다
새벽 첫걸음으로 길어온 암반수 샘물이 원천수다

햇살 한 줌 없는 어둠을 밀어 넣고 공기의 왕래조차
허용되지 않는 두터운 솜이불 덮어 씌운다

술독을 배회하던 온돌방 열기에 고두밥은 숨이 막혀
불평을 하는지 구시렁거리는 소리가 술독을 넘어
이불까지 들썩인다

독안에 시간을 담그어 익히고 발효시켜
정갈한 암반수가 곰삭은 주정의 원액이 되어

땀 흘리는 노동자의 꿀맛 같은 휴식공간이나
산기슭 주막집 마른 의자에 걸터앉아 하산 길
피로를 풀고 있는 탁자 위로 뿌옇게 달려가고 있다

문상의 허상

하얀 국화 한 송이 헌화하고
극락왕생 하시라고 향을 꽂는다
가시는 길 목마를까 술 한 잔 올리고
오지랖을 가다듬어 재배 한다

생면부지 혼백 앞에
저승길 노잣돈 보태시라고
부의함에 금일봉으로
인사를 대신하고 갈무리 한다

떠난 사람 아닌
남은 자들 간에 주고받는 위로와 격려
상부상조 한다는 부조는
생략하면 두고두고 찜찜한 관례다

카드나 외상 결재할 수 없는
현금 지출 부담으로
엄숙한 장례식장에
부의금과 음식접대는 개선돼야 한다고
촛불은 연신 고개를 끄덕인다

비 오는 날

마음에도 없이 내린 여우비에
외출은 처마 아래 기웃거리고
젖은 가슴 토닥이며
주머니에 넣고 가던 손을 멈춘다

궁금한 입맛 다실 궁리로
궁합 맞춰 불러오는
막걸리 한 사발
도반의 유혹에 못이긴 척 어깨 기댄다

부전동 문화로 고샅길 안쪽
문 열린 단골 주점에
손님 든 낌새로 달려온 주인

땡초 섞어 간 맞춘 부추전에
바보 맛 얼큰하게 어울려
준비 없이 젖은 귀갓길을 말린다

송정 바닷가에서

노루막이에 걸터앉은 태양이
바다를 품어 안으면
노을은 해송을 태워
긴 그림자를 물 위에 드리운다

죽을 만큼 뜨겁던 여름
모래밭에 드러누워도
길어지지 않는 내 발자국
허무한 추억들만 찜질하고 있다

먼 바다를 건너오며
오선지에 모아놓은 갈매기의 음표
해변에 밀려든 파도의 노래가 된다

현란한 빛으로 깃털을 말리며
겨드랑이에 부리 접고
갈매기는 꿈속을 헤맨다

어둠이 와도 해변은 바쁘다
별이 내리고

바위에 부서지는 포말들의 노래
커가는 연인들의 웃음소리
솔향기 흐르는 송정해변은 항상 살아 있다

빈 소주병

연둣빛 고운 옷 입었지만
전봇대에 비스듬히 기대어
입 벌리고 노숙하는 노숙자

가진 속내 다 비우고
빈 몸으로 쓰러질 때
부질없음을 깨닫는다

뚜껑을 열고나면
늘어나는 인심에 곧장 바닥나고
뱃속이 훤히 들여다보이면
걷어차이는 돌부리가 된다

병 속 돌아 나오는 헛바람은
눈물 없이 토해내는 울음으로
쓸개 빠진 뱃속에서
우러나오는 신음소리

장기 하나 잃은 허전함이
쓰리고 아픈 빈속에 비길 수 있을까

용두산 공원의 오후

뒷짐 진 걸음으로
긴 의자 주변에 모인 노을들 사이
젊은 비둘기들 시간을 쪼고
벚나무 가지 사이로 흘러내린 빛살에
남항 물결이 은빛이다

낯선 발자국들 모여들어
셀카폰에 촬영 분주하다가
깊어진 그늘에 숨소리 끊어지면
구석진 자리 지키는 노인들이 있다

공기조차 무거워 처진 어깨와
살 빠져 온기 잃은 엉덩이로
걸터앉은 나무의자 앞에
비닐봉지 하나 바람타고 왔다가
주변만 둘러보고 간다

저물녘을 털고 일어서는
무릎 펴는 신음소리 어제보다 높고
바람도 낙엽 굴리며 떠나가면
가로등 불빛이 빈 의자를 핥고 있다

우체국 앞에서

우체국 앞을 지나가면
갑자기 얼굴이 떠오르고
소식이 궁금해지는 한 사람 있어
보낼 편지도 없는데 기웃 거린다

빨간 우체통 앞에서
보고 싶다고 소리 질러 부르면
그 사람에게 전해져서
답장을 보내 줄 것 같은 생각이 든다

먼 길 에둘러 온 사연으로
건너편 골목에서 굴러오는 낙엽
엽서로 내게 돌아와
발끝에서 바스락 거린다

사는 동안 우연히 라도 한 번
마주치고 싶은 사람
빨간 이륜차 바구니에 그 마음 얹어
보내고 싶은 그리움 하나

이발

거울 앞에 가지런히 놓인
가위와 날선 기구들이
이용사의 손을 기다리고 있다

웃자람의 무질서함을 척결하는
냉엄한 현실 앞에
모양새 잡아주는 손길은 부드럽다

날카로운 시선에 측정되어
사정없이 휘두르는 가위질에
바닥으로 쓰러지는 머리칼
과욕과 욕망이 끊어졌다

불황속 깨달은 생존법칙 따라
열풍에 빗질하며
구조조정 하고 있다

자리다툼

어둠이 머뭇거리는 시장 모퉁이
할머니 두 분이 높은 음표 짚으며
하늘을 찌르는 삿대질에
새벽이 깜짝깜짝 놀란다

목젖 찢어지게 소리 높인
험한 욕설에
이웃들은 누구 편 들 수 없어
방관자로 전락 한다

좋은 위치에 선점하여 풀어야하는
보따리
그 속에는 인정사정이 없다

들어있는 썩은 돈 냄새가
외골수를 더욱 부채질하고
한 치의 양보도 없어
하루치 삶만 거덜 나고 있다

청령포

영월에서 두견새가 운다
달빛이 위무해 주던
청령포 휘어감은 강물이
곤룡포 옷자락에 유유히 흐른다

관음송은 늙어 허리가 굽었고
하늘높이 용솟음치는 뒤틀린 가지
송림에서 깊은 한숨 흘러나온다

기암절벽 아래 구비치는 물결에
떨어진 나뭇잎은 떠내려 보내고
검게 그을린 비각만 남겨놓았다

평창강에 출렁이는 바람소리는
망향탑 쌓은 마음으로
낙화암 절벽에 진달래로 피고진다

*청령포 : 강원도 영월군 남면 광천리 소재.
1457년 단종이 왕위를 찬탈 당하고 노산군으로 강봉 되어 유배된 곳

터널 속에서

어둠이 나를 지우는 통로
장막 가린 입구로 돌진하면
객실 조명등이 신열을 발산하고
금정산 가슴 파고든 열차는
바퀴소리로 철길을 더듬는다

뒷걸음 칠 수 없는 벼랑 끝
더듬이로 길을 찾아
보이지 않는 영상과 소통하는
맹인의 걸음을 체험 한다

코앞도 분간 못하는 어둠속
빛을 더듬는 촉수를 세워
새벽을 외치는 수탉처럼
상상의 날개를 펼친다

한 줄기 빛을 잡고
무사히 빠져 나온 안도에
참았던 숨을 토해내며
산하에 기적을 쏟는다

파장 무렵

왁자하던 입담들이 빠져나간 시골장터
난전에 펼치던 종이상자에는
할머니 엉덩이 자국에
미지근하게 남은 체온이 식어가고 있다

국밥집 여주인은 뚝배기에
촌노의 지문과 입술자국 빼내어 엎어놓고
몸에 감긴 하루치 피곤을 셈하고 있다

떡장수 콩고물통 가져가고
생선장수가 비린내 거두어 떠난 자리
장터비둘기 몇 마리 만찬을 즐긴다

남은 막걸리 통 바닥을 긁어내는 주모는
나무의자 끝에 걸터앉아
군내 나는 깍두기 입안에 넣고
지나온 발자국 뱉어 내기 시작하면
길어진 나무그늘에 숨소리 사라지고
썰렁한 기운이 장터를 덮는다

제 4 부

가을아침

가을 아침

저수지에 피어오른 안개꽃은
산허리를 휘어 감고
스산하게 불어오는 바람은
이른 가을에 볼을 매만진다

메뚜기를 업은 벼이삭은
잠이 덜 깬 눈을 비비고
고추잠자리는 강아지풀 목덜미를 누르며
젖은 날개를 털어보지만
비상하기에는 이른 아침이다

지난 여름이 희끄무레 바라져 가는 길목
상흔만 짙게 남은 그루터기에
짧은 가을에 마무리가 벅차겠지만
풀벌레 소리는 겨울 마중에 바쁘다

거미줄에 맺힌 구슬방울에 찾아든 태양
영롱하게 빛을 내고
안개마저 걷어갈 때
새로운 발자국을 찍어가던 뜸부기가
높이 솟아 가을을 맞는다

구두

엊그제 구입한 새 구두
어느새 뒷 굽이 한쪽으로 쏠리고
반듯하게 걷는듯해도 비스듬해
걸음걸이 바로 잡아본다
발끝 모아 11자로 걸어도
언제 돌아갔는지
발끝이 양쪽으로 벌어져
여덟 팔자 뒷걸음치듯 걷는다

질곡 없는 발자국이 어디 있으랴
뒤돌아보게 되는 걸어온 길
몸의 중심이 자주 기울어지고
밟아온 흔적은 멀어지는데
다리뼈가 휘어지다가 주저앉은 듯
닳아버린 관절들
밑창과 뒷굽이 어긋난 채
해질녘 노을 따라 기울어져간다

기도

금정산 비탈진 밭 언저리
깻단 털고 계신 할머니
걷어 올린 종아리에 회초리 휘둘러도
힘 빠진 손에 깨는 털리지 않고
일자로 다문 입술에
반야심경만 털리네

읽지도 못하는 경전은
입안에서 우물우물
초하루 보름이면 잿빛 옷 갈아입고
산문 들어서 합장하고
염주 돌리며 기도 올린다

떼 쓴다고 이루어질 수 없고
구걸해서 얻어질 수 없는 기도
밭고랑처럼 패인 주름에
오관이 말라 가도록 빌어도
당신을 위한 서원은 없네

나팔꽃

바람이 흔들어도
늦장 부리는 푸새들에게
트럼펫 소리로 아침을 깨운다

울타리에 자일을 걸고
차오르는 숨결로 휘감아 올라
애써 피운 꽃 하루 만에 작별하다니

목젖이 저리도록 임을 기다리다
시간의 늪 속으로 숨어버리는
가뭇없이 사라진 그림자인가

하루를 살아도 욕심 다 내려놓을
목탁소리에 귀 기울이며
노을에 꿈을 접는 너를 본다

들국화 손을 잡아주세요

찬 서리 머금고 하얀 웃음으로
달빛 흐린 동구 밖 길 밝혀
마중하고 배웅하는
아름답고 순결한 신비를 꽃 피우구나

길손의 후각에 간지럼 지피는
갈바람 지극한 정성으로
누구의 도움 없이 억새개도 자라
꽃향기 뿜어내려 파르르 떨고 있네

척박한 땅에서도 억척스럽게 살아가는
소중히 깨우친 생명의 이치
그윽한 향기로 대화를 주고받는 꽃
앙증맞다고 목을 젖히지 말아요

누구나 꽃처럼 피고 지는 목숨
한 철 다소곳이 살다가 지고서도
그리운 여운이 남는 누이 같은 꽃
향기로 내미는 손 살며시 잡아주세요

등 산

마음 같아선 바위라도 굴리겠지만
솔방울 걷어차기도 버거운 체력
넘어져 엉덩뼈라도 다칠까
손 없다는 날 잡아
가쁜 숨 허공에 토해가며
금정산 비탈에 오솔길 따라 나선다

모처럼 산행 나선 사람에게
팔 벌려 환영하는 나무들
발밑으로 바스락거리는 소리에
푸른 소나무가 부러워
허리춤 추스르며 또 걷는다

텅 빈 가슴 고주박이에 걸쳐놓고
밀려오는 발자국 흔적들은
낙엽 속에 묻어둔 채
헛 살아온 세월 솔향기에 헹구어
낮 달을 벗 삼아 쉬엄쉬엄 내려간다

서리꽃

연미복 차려입은 까치들 소리가
새벽을 열면
선잠에서 깨어난 들판에
풀잎들은 은빛으로 반짝인다

서릿바람에 무동 타고
함박웃음으로 설화잔치를 즐기는 모습
눈이 큰 소녀 일기처럼 다감하다

바람 부는 방향 따라
고개 숙여 헝클어진 억새머리
삭아내려 주저앉은 관절마다
서럽도록 아름다운 별빛으로 내린다

그리움 언저리에 눈물로 흘러내릴까
칼바람 길 전전하며
돌아서지 못하는 아린 흔적에
달빛보다 더 시린 꽃이 피었다

어둠 속에서

가을 잎 새가 바람 업고 길을 떠나면
나무 그림자 스스로 키를 늘이고
붉게 물든 강물은 침묵 속에 빠진다
땅거미는 푸른 날빛을 삼킨다

네온싸인 멀리한 별빛은
국화향기에 취해 비틀 거린다
귀뚜라미 무릎 시려오는 상강
창가에 빛살은 썰물처럼 빠져 나간다

거리에 밤이 나직이 깔리면
가랑잎 발자국 소리 떠나고
창밖에 풍경을 가늠할 뿐
그믐달만 빙시레 물러난다

울고 싶은 바람은 갈대를 잡고
햇살을 더듬는 흰 지팡이로
숲속 어두운 길을 찾아내듯
불면 속 명상에서 눌언을 캐낸다

요양원

가족의 손을 잡고 간
남은 불씨 보듬어주는 낯선 둥지
꽃잎들의 낙화원

가버린 세월을 되돌려
소녀로 돌아 올 수 있을까
할머니의 손을 놓고 돌아서는 가족
아픈 가슴만 창밖에 서성인다

묵정밭에 이식된 고목으로
낯선 환경에 뿌리내려 살아야 하고
웃음 없는 시간만 늘어갈 뿐
공허한 마음만 허공에 맴돈다

근심걱정 놓고선
희미한 은빛 속을 걸어가는 발걸음
동공에는 초점마저 흐리다

운 명

하늘로 치솟던 푸른 용트림이
오후 한나절 일회용으로 전락한다

간편한 도시락과 동행하며
바깥자리에 연연하지 않는다
종이 옷이나 비닐우의를 벗고
가랑이 찢어지는 수모를 겪으며
허리 펴고 키 맞춰
김밥에게 간다

거친 피부로 숲속을 선호하여
은수저 대신한 자부심으로
떡고물 화장에 김치 먹은 입술은
짜고 매운맛에 절여지고
어쩌다 상모서리 두들기는 장단에
허리 꺾인 불구로 화덕에 던져지면

후회 없이 걸어온 길이었다고
묵묵히 다비에 임한다

원 플러스 원

매무새 닮은 쌍둥이 형제가
슈퍼마켓 계산대로 손잡고 나와
둘인지 하나인지 헷갈린다

갓 태어나던 시절
진열대에 가부좌하여
귀한 대접 받아오던 몸이
그림자로 따라다니는 원 플러스 원

신세대에 밀려
기력이 넘쳐도
덤으로 얹혀가는 서글픈 삶
허공에 머무는 아린 추억뿐이다

나이 계단을 길게 걸어온 인생
시 한 편 읊조리며 배려해가는 삶이
플러스 원 보다 보람된 하루이네

을숙도

길목마다 두고 가라 일러주어도
섬 하나 만들려고
지고 온 흙 한 줌 모래 한 움큼에
작은 숲을 만들었다
숱한 여울목 돌며 돌며
곤두박질치고 바위에 부딪쳐
푸르게 멍든 강물은 계곡과 샛강을 섞어
푸른 섬 앞에서 한 몸 이룬다

숭어떼 유영하는 하구언 부근에
돌아온 청둥오리가 갯벌에 앉아
서늘한 입김 뱉어내면
샛바람에 늙은 갈대는 허공을 휘젓는다
눈 시리도록 깊은 노을이
비집고 앉은 갈대숲 속
저물녘 어둠이 청둥오리를 품어
체온을 함께 나눈다

잡을 수 없는 시간

시간은 마주할 수 없는
허공을 맴도는 안개다
발자국 소리 없이 다가왔다
머물지 못하고 앞으로만 나아갈 뿐
강물 위로 사라진다

물푸레나무 물오른 줄기와 푸른 잎사귀에
주름잡아 흔적 남기고
지나가며 봄을 걷어 올려
나무에 옷을 갈아입힌다
이어가던 창에 새로운 가지는
한 움큼 움켜쥔 손아귀에
모래알로 빠져나간 뒤
햇빛을 감추어 달맞이꽃을 피운다

지체할 수 없는 정거장에서
정신없이 다가오는 일몰에 눈뜨면
정수리에 빛바랜 머리카락만
눈부시게 나부낀다

할미꽃

매듭 지운 별리에
눈물로 꽃피워
못다 한 사랑은 다시 오는가

눈 녹아 열린 계곡에
봄비가 은밀히 보내는 눈빛
해마다 어김없이 찾아온
비탈진 언덕에 걸음 하는 꽃

실바람에 임 소식 묻어올까
목을 빼고
먼발치 기웃거리는 슬픈 사연에
뻐꾹새만 서럽게 울먹인다

등뼈 휘어지게 굽어보며
태워도 꺼지지 않는 불꽃이
붉게 피고 지는 할미여
그대 사랑은 남는가

햇살 덮고 누워

차갑고 깊은 바다에서
미끄러운 점액 발라 해일을 비켜내고
파도와 함께 일렁이는 수초

치어들의 은신처가 되고
전복을 살찌우는
춤사위로 어울리는 유연한 몸

등 굽은 해녀
남은 기력에 목덜미 잡혀
뭍에 나와 일광욕 한다

귀 떼고 몸매 잡아
햇살 덮고 누워 체중 줄이고
갯바람이 물기 걷어 가면
꾸들꾸들 말라가는 가벼워진 몸

산후조리와 생일상에 진국이라
갯가 아낙의 손길 따라
해초 보양식으로 태어나
산모의 몸 추스르는 국거리가 된다

호박

펑퍼짐한 엉덩이로
퍼질러 앉은 자리가 명당인가
제자리에서 어느덧 늙어버렸다

푸른 한 때는 덩굴손을 뻗어
험난한 시집살이에 자일을 걸고
돌담 위로 식솔들을 거두었지

꽃 대접 한번 받아보지 못 했지만
걸죽한 죽사발로 나누는 별미가 되었고
아이 울음 달래는 엿이 되었다

단맛 찾아 허공을 탐색하던 여린 손은
덩굴째 돌아온 웃음농사 되고
늙어 황금빛 얼굴 어디서 보랴
담장 위에 보름달 실하게 살아간다

호박 2

꽃으로 봐 주거나 말거나
밭둑에서 삶을 꾸려가는 호박은
자식 농사만은 남부럽지 않게 짓겠다고
자고나면 옥동자를 쑥쑥 낳아
푸른 줄에 엮어단다

높은음 자리 악보를 읊어대는 매미는
노래로 듣거나 말거나
화음 삼매경에 빠져
형제호박 늘도록
아침부터 목청 돋우어 숲을 달군다

우듬지에 올라앉은 새들도
호박이 익어 가도록
노을 앞에서 함께 노래 부른다

〈내가 본 변송 시인〉

바늘 끝에서 피는 꽃과 삶의 여정

– 변 송 시인의 두 번째 시집 『바늘 끝 여정』에서

최원철 (부산대 명예교수, 시인, 수필가)

여행을 하는 모습은 여러 가지 형태가 있다. 풍경을 즐기는 여행, 앞선 현인들의 발자취를 따라가는 여행, 종교적 순례자의 여행 등 수많은 면에서 인생이 살아오고 추구하는 방향에 따라 여행길이 다르다.

변송 시인이 두 번째 시집의 시평을 필자에게 부탁해 왔다. 남의 시를 평한다는 것은 나에게 있어서 매우 조심스럽고 받아들이기 힘든 일이었다. 변 시인은 필자보다 이 세상을 더 오래 살아왔고 참신한 공무원을 지내온 분이기 때문에 어떻게 내가 시평을 하겠는가. 필자가 곁에서 본 변 시인의 마음과 그 따뜻한 정을 그리고 싶을 뿐이다. 변 시인을 알게 된 것이 오래되지 않지만 따뜻한 분인 것을 알게 되었다. 여유로움을 좋아하고 우리 주위에서 일어나는 자연적인 현상을 시로 승화시키는 능력은 대단한 분이다. 일부러 하려고해도 안 되는데 타고난 시적소질이 있는 분이라고 생각된다.

변송 시인은 두 번째 시집 『바늘 끝 여정』을 제1부 '바늘 끝 여정', 제2부 '이끼', 제3부 '간이역', 제4부 '가을 아침'으로 나누어 삶의 여정을 읊조리고 있다

변송 시인은 도덕의 규례를 중시하는 경북 의성에서 인생의 여행이 시작되었다. 맑은 공기와 깨끗한 환경에서 참신하게 살아왔다. 평생을 깨끗한 공직생활을 하신 분이다. 바쁜 공직 생활을 마치고 세월이 흐를수록 삶을 뒤돌아 볼 때 가장 남기고 싶었던 심상들이 많았을 것이다. 늦게라도 시작한 시에서 자신을 발견하고 인생의 여정을 깨닫기 시작하였다고 생각한다. 그래서 제1부에서 보면, 먼저 자신을 키워낸 어머니의 깊은 사랑을 회상하게 한다. 그의 대표 시를 한번 살펴보자.

뜀박질로 낯선 길 가고 있는
재봉틀 짧은바늘
수선 집 여인 길잡이 따라
허기진 외발로
지구를 몇 바퀴나 돌았을까
밤잠 설쳐가며 헤맨

아들 딸 대학 뒷바라지
그늘 속 상처를 꿰매는 바느질은
생이별로 찢어진 앞가슴과
해고 되어 떨어진 단추,
구형도 신품같이 몸을 바꾼다
떨어진 소매 덧대어 늘리고
한 땀 한 땀 서러움까지 기워
무지개 따라 밟아가며
구겨진 바짓단을 일으켜 세운다

바늘 끝에서 꽃이 피어난다

–「바늘 끝 여정」의 전문

위의 인용 시에서 보면 변 시인은 혹시 자신의 과거를 생각하고 있는 것이 아닐까. 옛날 일어났던 일이 분명하고 생생하게 살아있다. “재봉틀 짧은 바늘”로 옷을 수선하기도 하고 새로운 옷을 만들어 자식을 키워내는 어머니의 바느질하는 옛 모습을 생각하면서 작가는 눈물을 흘렸을 것이다. 옛날 재봉틀을 돌리기 위해서는 발로 밟아야 했다. 손놀림에 따라 천천히 또는 빨리 밟으며 기나긴 세월동안 아들 딸 뒷바라지를 한 것을 변 시인은 “허기진 발로/지구를 몇 바퀴나 돌았을까”라고 읊조린다. 여기에서 더욱 더 애잔한 마음을 볼 수 있다. 어머니의 바느질은 보통 바느질과 다르다. "그늘 속 상처를 꿰매는 바느질은/ 생이별로 찢어진 앞가슴과"에서 보면, 아마도 아버지가 일본이 우리나라를 침탈해 있을 시기에 일본으로 가셔서 소식이 끊어져 생이별을 하게 되셨거나 아니면 일찍 돌아가셨을 가능성이 엿보인다. 그래서 어머니는 홀로 자식을 키워내기 위해서 바느질을 하신 것 같다. 특히, 어머니 자신이 가지고 있는 남편 잃은 그 상처를 꿰매는 바느질이었을 것이다. 이러한 생활이 얼마나 길었을까? 어머니의 바느질은 지구를 몇 바퀴나 돈 그런 고난의 시간이었을 것이다. 이러한 결과로 "한 땀 한 땀 서러움까지 기워"가고 어머니가 바라던 희망의 "무지개 따라 밟아가며" 옷을 수선하였다. 그런 어머니의 노고 끝에 변 시인이 훌륭한 공무원으로 꽃피었음을 짐작케 한다. 그래서 변 시인의 인용 시에는 마지막 대목에 "바늘 끝에서 꽃이 피어난다"고 표현했을 것이다.

이러한 애잔한 슬픔이 곳곳에서 발견된다. 「노송」에서 마지막 연에 "바람 한 점 빌어 띄우는 함성은/목청껏 울 수 없는/손등 갈라진 아버님 속울음"으로 표현되어 있고, 「밥」에서는 "눈물과 섞어 먹을 수는 없는 밥/끼니로 이어져야 하지만/지나치게 매달리면/비굴한 노예가 된다" 실로 살아오면서 느끼는 슬픔은 남달랐을 것이다.

특히 변송 시인이 간절곶의 망부석을 보고 읊은 시가 필자의 마음을 아프게 한다.

바다 향한 시선이 수평선을 넘고
그칠 줄 모르는 기다림은
파도를 타고 출렁 거린다

바다가 갈라놓은 생이별
비바람 눈보라에 깎여진 세월에도
임은 기별이 없다

가슴 깊은 곳 보듬어가는 아픔은
슬픈 이야기로 전설이 되어
거친 파도를 타고 멀어져 가고

아버지를 부르는 딸들의 목메인 소리
현해탄을 건너지 못하여
메아리조차 없는 뱃고동뿐이었다

바람아, 구름아, 별들아
가슴 치는 통곡으로
비바람 찬 서리에 망부석이 된

이 가족 영혼을 달래주려무나

–「간절곶의 망부석」의 전문

변송 시인은 바닷가 간절곶의 망부석을 보고서 돌아오지 않으셨던 아버지의 그리움을 절규하고 있다. 수평선을 바라볼 때 수평선 너머로 오실 아버지의 그리움을 연상케 한다. 현해탄이라는 바다가 가로놓여 갈 수 없었던 지난날을 회상한다. 지금까지 수많은 세월이 흘러가도 그리움을 놓을 수가 없다. 그래서 변 시인은 답답한 가슴을 누구에게도 말 못하고 혼자 시로써 표현하고 있다. "바람아, 구름아, 별들아/가슴치는 통곡으로/비바람 찬 서리에 망부석이 된/이 가족 영혼을 달래주려무나"하고 애절하게 부르짖고 있다.

제1부에서 삶의 여정이 시작 되는 원천적인 면을 노래했다고 보면, 제2부에서는 변 시인의 여정에서 온갖 삶을 체험하기 시작한다. 변 시인은 사물을 봐도 그냥 지나치지 않는다.

제2부의 변송 시인의 대표 시에서 노래하는 삶의 여정은 아래와 같다.

그늘진 골짜기나
바윗돌 등 뒤에도 좋습니다
작은 풀잎 하나 기댈 곳이라면
주어진 삶을 열심히 살겠습니다

화려한 꽃 한번 피워보지 못해도
음지에서 빛을 내고
향기 없어도 생명을 품어
넉넉하게 어우르며 살렵니다

강바닥이 거북 등처럼 갈라지고
이가 시린 칼바람 혹한에도
생명줄 틀어잡은
빛살 고운 눈빛 하나만으로
푸른 지문을 새겨가며 살겠습니다

풀숲 사이 얽힌 허기진 삶이
서로를 위해 끈끈하게 존재하면서
누구도 흉내 낼 수 없는 사랑으로
파르라니 살겠습니다

–「이끼」의 전문

위의 시 「이끼」에서 삶의 청초함을 볼 수 있다. 불교에서 '구[求]함이 있으면 고통이요, 구[求]함이 없으면 낙[樂]'이라 하였다. 변 시인의 「이끼」에서 볼 수 있는 정신이

금강경에서의 무주상無住相이다. 바라는 것 없이 무주상 보시無住相布施를 하라는 것이다. 구求하기 위한 과도한 집착을 하지 말라는 것이 반야심경에 있는 사상처럼 변 시인은 과도하게 구求하지 않는다. 그는 "그늘진 골짜기나/바윗돌 등 뒤에도 좋습니다/작은 풀잎 하나 기댈 곳이라면/주어진 삶을 열심히 살겠습니다"라고 마음에 있는 평소의 정신을 토로하고 있다. 소박해서 구求하는 욕심이나 집착이 없다. 그저 "작은 풀잎 하나 기댈 곳이라"도 있으면 "열심히 살겠"다고 노래한다. 이것이야 말로 오늘날 우리에게 말해주는 큰 어른의 말씀일 것이다. 가끔 술 한 잔을 마시면서 기분 좋게 사심 없는 말과 정情에 변 시인을 모두가 좋아하는 것이 아닐까 하는 마음에서 나 자신을 한 번 더 돌아보게 한다.

변 시인은 크게 구求함이 없다. 욕심이 없는 사람에게는 마음의 고통이 존재하지 않고 오히려 "화려한 꽃 한번 피워보지 못해도" "넉넉하게 아우르며 살"려는 그 마음이 곧 불자佛子의 마음이 아니고 무엇이겠는가를 반문하고 싶다. 삶의 여정에서 삶이 메마른 "강바닥이 거북 등처럼 갈라지고/이가 시린 칼바람 혹한"과 같아도 "생명줄 틀어잡은/빛살 고운 눈빛 하나만으로" 그는 희망을 잃지 않고 살겠다고 하였다. 그래서 삶이

가난하여 "허기진 삶"이라도 "누구도 흉내 낼 수 없는 사랑으로" 푸르게 살고자 한다. 변 시인은 불자佛子이기도 하지만 기독교에서 말하는 "사랑"으로 산다. 오늘날 누가 이렇게 아름다운 마음을 가지고 살 수 있을까. 이것은 마음 심연에서 우러나오는 때 묻지 않는 진실을 토로한 것이다.

제3부 「간이역」은 인간이 잠시 머물다 가는 삶이 의미를 잘 나타내고 있다. 간이역에는 역장은 없지만 상근 역무원이 있는 배치 간이역과 역장도 역무원도 없는 무배치 간이역이 있다. 아마도 인생이 이미 삶의 여정을 시작하여 지나는 곳이 무배치 간이역인지도 모른다. 잠시 머물다 가는 인생의 삶, 그러나 여기에는 많은 추억을 간직하고 떠나는 역일 것이다. 변 시인은 인생의 삶을 간이역으로 비유했다.

무시로 오가는 사람들의 눈망울
아쉬움이 산화되어 철길에 누워있고
눈물이 이슬처럼 간이역을 적신다

허술한 대합실 벽면에는
떠나버린 자들의 한숨이 서려있고
기약 없이 떠나는 기적은 슬픔만 남긴다

낡은 역사驛舍 앞 리기다소나무 춤사위가
보는 자의 마음을 조이게 하고
고즈넉한 풍경만
고독처럼 퍼지고 있다

떠난 이의 무소식은
빨갛게 맺힌 칸나의 한이 되어
끝내 울음 한 번 토하지 못한 채
꽃잎은 뚝뚝 떨어진다

–「간이역」의 전문

위의 변송 시인의 간이역은 여느 시인들과는 완전히 다른 의미의 시를 쓰고 있다. 일반적으로 시의 내용을 보통사람들은 그냥 지나치는 의미로 잠시 머물다 가는 간이역을 생각하는데 변 시인은 잠시 머물다 가는 간이역이 아니고 이미 간이역의 기능이 없고 그 흔적만 남아있는 역을 말하고 있다. 인간이 살다간 흔적이라고 해도 과언이 아닐 것이다. 그 흔적을 보고 과거의 일들을 회상하는 것이다.

제1연에서 "무시로 오가는 사람들의 눈망울"은 간이역에서 기차를 타기위한 사람이 아니다. 이미 없어진 간이역을 구경하러 온 사람들이다. 그들의 아쉬움으로 보는 눈망울은 "산화" 된 "철길"을 보고 눈물을 적신다.

제2연에서는 이미 이용하지 않는 "허술한 대합실 벽면에는/떠나버린 자들의 한숨이" 낙서나 그 벽이 허물어지는 모양을 의미한다. 인간의 삶도 이렇게 보잘 것 없음을 암시하는 대목이 다.

제3연에서는 바람이 불거나 기차가 지나갈 때 흔들리는 "낡은 역사驛舍앞 리기다소나무"의 흔들리는 모습을 "보는 자의 마음을 조이게 하고/고즈넉한 풍경만/고독처럼 퍼지고 있"는 것이다. 무시로 지나가는 사람들의 눈에서 역사驛舍의 허물어가는 모습을 이야기 하는 동시에 이러한 풍경들이 고독을 느끼게 한다. 허물어지는 인간들이 영욕에 눈이 멀어 스스로를 자랑하지만 지나간 자리에는 쓸쓸한 고독만 남는다.

제4연에서는 "떠난 이의 무소식은/빨갛게 맺힌 칸나의 한이 되어/끝내 울음 한 번 토하지 못한 채/꽃잎은 뚝뚝 떨어진다"고 하였다. 마지막 연에서 이미 세상을 버린 이의 무소식은 "빨갛게 맺힌 칸나의 한"은 칸나가 토박이 식물이 아니고 외국에서 들어온 꽃이기에 고향이 아니다. 인생의 삶도 이승과 이별하고 마지막 이르는 곳이 죽음 외에 어딘지 모른다. 즉 인생도 여정 속에 있는 떠돌이일 뿐이다. 변 시인은 마지막 연에 칸나를 등장 시킨 것이다. 아주 절묘한 인용이다.

그 뿐만 아니다. 「고드름」의 마지막 연에서 "가슴에 흐르는 눈물이/처마 끝에 서러움으로 맺혀/한 겨울 다 가도록 울어야하는/소리 없이 흘러내리는 연정" 이라든가 「낙타의 꿈」의 마지막 연에서도 "사막을 푸른 벌판으로 이루는 꿈은/육봉으로 등에 지고/모래 섞인 방울소리 울리며/마른 표정으로 모래 길을 간다"에서와 같이 인생의 삶이 아무리 좋다한들 변 시인의 눈에는 하잘 것 없는 무無이며 공空이다. 인생의 삶이 슬픈 것이다. 그렇다고 그는 결코 염세주의가 아니다.

또한 그의 시적 감각의 통찰력이 섬세하며 대단하다. 우리가 그냥 보고 느끼지 못하는 영역까지 변 시인은 찾아낸다. 그것이 이상을 넘어서는 것이 아니라 현실에서 일어나는 것들이 전부 시의 소재요 주체가 된다. 특히 「빈 소주 병」 시편에서 길가에 나뒹굴어져 버려진 빈 소주병을 "병 속 돌아 나오는 헛바람은/ 눈물 없이 토해내는 울음으로/쓸개 빠진 뱃속에서/우러나오는 신음소리"까지 듣고 있는 시인이다. 모든 것이 공허할 따름이다. 물건을 봐도 그렇고 인생을 봐도 마찬가지다. 그의 시 가운데 「용두산 공원의 오후」의 마지막 연에서 "저물녘을 털고 일어서는/무릎 펴는 신음소리 어제보다 높고/바람도 낙엽 굴리며 떠나가면/가로등 불빛이 빈 의자를 핥고 있다"라고 했다. 인생의 삶의 여정은 다 허물어져가는 '간이역'이다. 그러나 이것으로 끝나는 것이 아니다. 그는 비관자도 아니다. 그저 불심을 가진 무소유의 원리를 잘 알고 있는 노숙한 불자의 한 시인이다.

제4부에서는 다시 새로운 날을 맞이하기 위한 「가을아침」을 맞는다. 지금까지 삶의 여정에서 온갖 시련과 고통을 노래했지만 결국 새로운 삶으로 다시 돌아가는 윤회며 그 후에 시적 깨달음을 노래한다. 끝없는 내일을 위해 나래를 펼 줄 아는 시인이기에 내가 변 시인을 좋아하게 되는 이유다. 성숙한 삶에서 오는 경험이요 시적 재능이 있기 때문이다. 나는 기독교 교인이다. 불교에 대해 잘 알지는 못할지라도 변송 시인의 시에 전반적으로 흐르고 있는 불심을 잘 이해 할 수 있다. 필자는 불교에 대해 논하고자 함이 결코 아니다. 오직 변 시인의 시의 흐름이 불교에서 말하는 보편적인 세 가지 진리가 숨어 있기 때문이다. 붓다가 깨달은 세 가지 진리 중 첫째가 모든 것이 고통이요, 둘째는 모든 것이 덧없음이고 셋째는 모든 것이 실체가 없다고 하였다. 이러한 관점에서 염세주의라는 비판을 받을 수 있겠지만 염세주의가 아니다. 고통의 진실을 직시할 때 비로소 윤회 자체가 고통의 연속임을 알

게 된다. 고통을 극복할 유일한 길은 불사佛事를 얻어 윤회를 벗어나는 깨달음 후에 오는 해탈이 있다. 그래서 「간이역」을 지나 「가을 아침」을 맞게 되고 다시 봄을 맞게 되는 것이 아닐까.

변 시인의 「가을 아침」은 새로운 희망을 가지고 비상하려는 가을의 아침이다.

저수지에 피어오른 안개꽃은
산허리를 휘어 감고
스산하게 불어오는 바람은
이른 가을의 볼을 매만진다

메뚜기를 업은 벼이삭은
잠이 덜 깬 눈을 비비고
고추잠자리는 강아지풀 목덜미를 누르며
젖은 날개를 털어보지만
비상하기에는 이른 아침이다

지난여름이 희끄무레 바라져 가는 길목
상흔만 짙게 남은 그루터기에
짧은 가을에 마무리가 벅차겠지만
풀벌레 소리는 겨울 마중에 바쁘다

거미줄에 맺힌 구슬방울에 찾아든 태양
영롱하게 빛을 내고
안개마저 걷어갈 때
새로운 발자국을 찍어가던 뜸부기가
높이 솟아 가을을 맞는다

– 「가을 아침」의 전문

시인이 말하고자 하는 사물의 본뜻을 숨기고 겉으로 비유하는 형상을 표현하려는 수사법修辭法이라고 할 수 있다. 여기에서 동질성과 이질성을 결합시켜 유사성을 찾아내는 것이 은유인 셈이다. 일반적으로 은유의 흐름을 살펴보면 체계전체에 걸치지 않고 특정 단어나 구문에만 영향을 미치는 부분적인 경우와 전체적인 구성과 관련하여 시의 전체로 그 은유가 확산되어 수직적 성격을 가지는 전체적인 은유가 있다.

「가을아침」의 시편에서 이것은 부분적인 은유가 아닌 체계적인 은유이다. 전체가 "이른 가을의 볼을 매만"져지는 가을과 연관 되어 있기 때문이다. "메뚜기를 업은 벼이삭"이나 "고추잠자리", 또는 고개 숙인 "강아지풀", "풀벌레 소리" 등 모두가 가을과 연관 되어 있을뿐더러 가을을 「간이역」을 지나간 여정의 사람들을 은유적으로 나타내었다. "지난 여름이 희끄무레 바라져 가는 길목"에 선 노년에게는 "상흔만 짙게 남아" 있지만 "짧은 가을" 즉 얼마 남지 않는 생에 대한 "마무리가 벅차겠지만" 주어진 가을을 맞이하기 바쁘다. 그렇지만 변 시인은 마지막 연에서 "내일을 위해 새로운 발자국을 찍어가던 뜸부기가/높이 솟아 가을을 맞는다"고 했다. '내일'은 다음세대를 위한 새로운 발자국의 의미 속에서 윤회설처럼 돌고 도는 인생과 연관이 되어 있다고 하겠다. 그런데 노년의 가을은 그냥 맞이하는 것이 아니라 "높이 솟아 가을을 맞는" 것이다.

변송 시인의 시를 읽다보면 현실로 나타나는 현상을 꾸미거나 잡다한 소리는 전혀 없다. 직관적으로 들어오는 상황을 아주 쉽게 감동을 주는 주옥같은 표현들이다. 시는 아름답게 꾸미려 해도 꾸며지지 않는 것이 특징이다. 아름답게 꾸미려고 시도하는 시는 얼굴에 화장化粧을 할 때 피부와 맞지 않고 화장[化粧] 따로 얼굴 따로 분리되어 보기 싫은 덕지덕지 붙어있는 화장품만 보이기 일쑤다.

늙지 않는 시, 중년의 시를 계속 쓰고 계시는 변송 시인님!

오늘도 폐드럼통을 잘라 만든 둥근 식탁 위에 덜큰

한 막걸리 한잔 놓고 즐거운 이와 함께 둘러앉아 시의 꽃을 피우시는 모습을 상상해 봅니다. "바늘 끝 여정"으로 꽃피운 이야기를 회상할 때 서로의 정이 피어나고, 불그레하게 오르는 얼굴을 쳐다보며 웃음 짓는 변 시인님을 생각하면서 내가 본 시인의 단면을 글로 써 봅니다.